A TRAVERS MONTS

RÉCITS DE VACANCES

PAR CHARLES L****

Dédié à Mme M. T.

PARIS

IMPRIMERIE DE D. JOUAUST

Rue Saint-Honoré, 338

M DCCC LXXV

A TRAVERS MONTS

RÉCITS DE VACANCES

PAR CHARLES L****

Dédié à Mme M. T.

PARIS

IMPRIMERIE DE D. JOUAUST

Rue Saint-Honoré, 338

M DCCC LXXV

A Madame Mathilde T.

A vous, Madame, je dédie
Ces vers, qui vous doivent la vie,
Car c'est votre joyeuse humeur
Qui, l'arrachant à sa torpeur,
Ranima ma verve engourdie.

Votre rire dès le soleil
Sonnait la diane du réveil :
A cet appel de la jeunesse,
Doux au cœur comme une caresse,
Je laissais s'enfuir mon sommeil.

En Suisse si matin que faire ?
Quittant ma couche solitaire,
Au hasard, sous les sapins verts,
J'allais et j'écrivais des vers
Au jour le jour, pour me distraire.

C'est ainsi que sans y songer
J'ai vu les strophes s'allonger,
Et les récits de nos voyages
Former un bouquet de vingt pages
Qu'on peut vous offrir sans danger.

PRÉFACE

On ne lit plus guère, et les vers font peur !...
Qui ne s'est senti de fâcheuse humeur
Quand, dès le début, il voit plein des pages
De descriptions, avec force images ?...

Que de fois alors, détournant les yeux,
Nous avons fermé le livre ennuyeux,
Qui, pour châtiment, s'en va solitaire
Achever ses jours sur le quai Voltaire !

Aussi, quand on veut, en auteur prudent,
Se mettre à l'abri d'un tel accident,
Laissant le champ libre à nos grands poëtes
Pour peindre les mers, le ciel, les tempêtes,
En style concis on décrit d'un trait,
Et sans s'attarder on va droit au fait.

* *
*

Ces simples récits de voyage
Ont été notés au passage,
Reflet de nos impressions,
Quand gaîment nous traversions
Montagnes et glaciers de Suisse
Au hasard de notre caprice :
— Un couple de jeunes époux,
Un sage qu'amusent les fous,
Et moi... qui lui donnais à rire.

* *
*

Pourquoi des vers? allez-vous dire.
— C'est un vieux mot trop répété, —
Chacun court à sa volupté!
J'en sais qui pêchent à la ligne;
D'autres vont vendanger leur vigne,
Ou bien arpentent les coteaux
Pour y massacrer les perdreaux :
Aux vacances, moi, je m'escrime
Et je bataille avec la rime,
Trop heureux lorsque la raison
Dans ce combat est mon second. .

*
**

Pour obtenir de vous, lectrice,
Un regard à mes vers propice,
Je les ai mis en petits tas
Qui s'offrent aux yeux sans fracas ;
On les prend à petite dose,
En couplets, et cela repose...
Et puisque l'air fait la chanson,
Que de vos lèvres monte un son,
A ce souffle ma poésie
Prend son vol et vous doit la vie !

*
**

Le cor des Alpes dans les monts,
A l'heure indécise où les fonds
Se couvrent d'ombre et de mystère,
A ravi mon âme à la terre ;
Lutins, sylphides et démons
Sont sortis de l'ombre à ses sons...
Dussent en rire les sceptiques,
J'ai peint ces effets fantastiques.....

* *
*

Pour le rhythme ou par vanité,
J'ai subi la nécessité
D'un « Compagnon » que j'apostrophe
Aux derniers vers de chaque strophe,
Et qui revient, pour mon tourment
...Et le vôtre, un peu trop souvent.
Le mal est fait... de l'indulgence !
Et surtout pas de somnolence :
Songez! ce refrain « Compagnon »
Rimerait si bien à « ronron »!...
Sur ce, ma préface s'achève,
J'ai fini, la toile se lève !

I

En Suisse, au milieu des Anglais
Qui vont promener à grands frais,
Indifférents à toutes choses,
Leur spleen et leurs mines moroses,
Nous sommes quatre compagnons
Raillant ces touristes grognons !

II

Nous avons enthousiasme, ardeur,
Jarret solide et belle humeur,
Et lorsque notre jeune femme,
D'une voix qui pénètre l'âme,
Dit son grand air des *Compagnons*,
Bravement nous l'accompagnons.

III

Voici Genève et son lac bleu.
Le ciel s'est empourpré de feu ,
Les prés sont verts , et j'ai l'ivresse
Des jours bénis de ma jeunesse....
Demeurez , douce vision
Qui m'apportez l'émotion !. .

IV

Mais la vapeur, maudit tyran ,
Déjà nous entraîne au Léman !...
Vite un regard à la Savoie ,
A Fraidaigue que l'on côtoie ,
A Morge , aux créneaux de Chillon ,
Hantés par l'ombre de Byron !

V

Nous voyons Bex et Vernayaz ,
Dont la cascade, avec fracas,
Faisant un saut de cent coudées,
Vient gonfler les eaux débordées;
Les tours gothiques de Sion ,
Le coupe-gorge de Saxon.

VI

Là se coudoient décavés
Cocottes et petits crevés,
Grecs et majors de table d'hôte,
Venant voir si la banque saute ;
Comtesses à douteux blasons,
Soupirant pour de faux barons.

VII

En falbalas, corsage ouvert,
Dès le matin au tapis vert,
Comme la pieuvre, elles s'accrochent
Aux imprudents qui les approchent.
Prince ou manant, tout leur est bon :
Qu'importe d'où vient la moisson ?

VIII

Sous leur sourire on lit la faim...
C'est qu'il est tard, personne... enfin
Un Russe entre et gagne à la noire...
On l'entoure, on chante victoire.
Il se rend à discrétion...
Place au seigneur Amphitryon !

IX

Que n'ai-je pu de Martigny
Pousser droit jusqu'à Chamouny !
Mais les jours passent et nous pressent ;
De Zermatt les cimes se dressent,
Se profilant en hauts donjons
Vers lesquels nous nous dirigeons.

X

Un torrent arrête nos pas
Au détour de Saint-Nicolas ;
J'hésite, mais notre sirène
Franchit l'obstacle et nous entraîne :
D'Ulysse ainsi les compagnons
Furent charmés par des chansons !

XI

Tout à coup surgit à nos yeux,
Cachant sa tête dans les cieux,
Le Cervin, dont la masse énorme
Semble un Léviathan difforme :
Il est debout, sans compagnon,
Triste comme un sphinx de Memnon.

XII

Le mont Rose, géant rival,
Sur les deux pays à cheval,
Tend une main à l'Italie
Et l'autre à sa sœur Helvétie....
De ses flancs sortent deux pitons,
Castor, Pollux, vieux compagnons !

XIII

Neige et glace montent sans fin ;
On dirait la mer de Baffin.. .
Cette masse immobile et blanche
Ne s'émeut que quand l'avalanche,
Avec le bruit sourd du canon,
Tombe en déroulant sa toison.

XIV

Au pied du Cervin, le glacier
Fait scintiller ses pics d'acier....
On tremble à ces marches glissantes
Longeant des crevasses béantes ;
Et sous le sol où nous passons
On entend le choc des glaçons.

XV

A regret nous quittons Zermatt
Et les hauteurs du Gorner-Gratt
Pour arriver auprès du Rhône,
A Brigg, qui sur un rocher trône,
Et contempler de ce balcon
Les sommets neigeux du Simplon.

XVI

Notre calèche à deux chevaux
Avec panaches et grelots
Suit une route montueuse
Qui se contourne, tortueuse,
Comme un gigantesque python,
Jusqu'au lointain le plus profond...

XVII

C'est la route de la Furca...
On flâne, on arrête ici, là.
A Fiesch, nous voyons, troupe errante,
Des bohémiennes sous la tente
Étalant gaîment leurs haillons,
Loques de soie ou vieux jupons.

XVIII

Je demande à notre hôtelier
De nous servir quelque gibier :
Aussitôt mon désir s'exauce,
Et je vois, nageant dans la sauce,
Un mets qui sent la venaison :
Est-ce bifteck d'ours ou bison ?

XIX

Le traître dit : « C'est un chamois ! »
Et pour preuve il montre le bois
Qui fut l'ornement de sa tête.
Confiant, j'attaque la bête,
Mais son chamois n'est qu'un mouton
Flanqué de quelque rogaton !

XX

Notre diva de ses refrains
Éveille l'écho des chemins,
Et quand s'arrête la berline,
Du hameau la troupe enfantine,
Fillettes et petits garçons,
Accourt pour prendre des leçons.

XXI

Souvent nous croisons des Anglais
En voile blanc, gantés de frais.
Raides comme quakers au prêche,
Ils écoutent cette voix fraîche
Qui fait résonner les buissons.
Ah! les lugubres compagnons!

XXII

Enfermés dans leur dignité,
Ils s'interdisent la gaîté;
Trouvant « shoking » sur la grand'route
De lutiner l'âne qui broute,
Ou d'accueillir un compagnon
Qui n'a pas décliné son nom.

XXIII

Ils n'ont chez eux ni le soleil,
Ni la chaleur du vin vermeil,
Et leur sang, qu'épaissit la bière,
N'enfante que lourde matière.
De Gambrinus les compagnons
Jamais ne firent de chansons!

XXIV

Certes, nous avons nos travers,
Et nous connaissons les revers;
Mais le vin qui chauffe nos veines
Sait alléger aussi nos peines,
Et voilà pourquoi, compagnons,
Le rire passe où nous passons!

XXV

Ah! Gaulois toujours souriants,
Braves autant qu'insouciants,
Lassés du fardeau de la haine,
Hôte importun et qui nous gêne,
Que vite, hélas! nous oublions
Vengeance et malédictions!

XXVI

Souvenons-nous que les Germains
Ont étreint de leurs lourdes mains,
Comme le vautour dans ses serres,
La France, le sol de nos pères,
Foulée aux pieds des bataillons!
Souvenons-nous... et travaillons!!

XXVII

Le travail, c'est la sainte loi !
Il fait la force, il fait la foi,
Ravive la source tarie
Du dévouement à la patrie,
Et, loin des propos fanfarons,
Tout bas dit au cœur : « Espérons ! »

XXVIII

...Nous avons franchi la Furca
Et, près du Gothard, Orsera,
Où déjà la locomotive
Frémit sous le feu qui l'active,
Impatiente du sillon
Qu'on lui creuse aux flancs du vieux mont.

XXIX

Italie !... Ah ! tu crains Brennus !
Vaine terreur ! C'est du Taunus
Et du César de Germanie
Que te viendra la tyrannie....
C'est pour entrer dans ta maison
Qu'il te fait un perfide don !

XXX

Oui, quand il ébrèche tes murs
Et qu'il perce des chemins sûrs
A travers tes Alpes, il vise
A souder Hambourg à Venise....
Ah ! grand Dieu !... ma digression
M'entraîne au cheval d'Ilion !!

XXXI

Je m'indigne, et pendant ce temps
Altorf est là qui nous attend !...
Au diable Hambourg, l'Adriatique,
Et Venise et la politique !...
Chère Muse, nous détonnons,
De ta flûte adoucis les sons....

XXXII

Altorf au pied de l'Appenzell
Nous rappelle Gessler et Tell.
Est-ce légende, ou bien histoire ?
Au fier chasseur moi je veux croire !
D'Uri, de Schwyz et des Grisons
Ne vois-je pas les compagnons ?

2.

XXXIII

Ils descendent, silencieux,
S'appuyant sur leurs lourds épieux,
Des Alpes, que les ombres couvrent ;
Ils se rapprochent, leurs mains s'ouvrent,
Et, le front haut, sans vains sermons :
— « Libres ou morts, nous le jurons ! » —

XXXIV

Leur chapelle est de pauvre aspect,
Mais elle inspire le respect.
Dieu me garde de l'ironie
Quand vibre le mot de patrie !
J'aime ce culte des vieux noms,
Salut donc aux trois compagnons !

XXXV

Comment t'oublier, Rossini ?
Ils disent ton règne fini !
Les dieux s'en vont..., et Wagner monte !!
Mozart et toi, tous deux, ô honte !
N'auriez chanté que flonflons,
Dont se raillent ces histrions !

XXXVI

Blasphémateurs, vos lourds dédains
Font songer à certains raisins....
Elle est trop haut, la mélodie !
Il est trop bas, votre génie !
Où sont tes flèches, Apollon ?
...Mais tu dors au sacré vallon !!

XXXVII

Épuisez-vous en vains efforts,
Combinez vos savants accords,
Il n'en jaillira pas la flamme
Dont Mathilde échauffe mon âme !
Aux tempêtes de vos clairons
Jamais nous ne frissonnerons !

XXXVIII

...De Flüelen par le bateau
On touche d'abord à Gersau :
Plus loin, sur la rive opposée,
Nous découvrons, fraîche et rosée,
Une plage où nous abordons,
La perle des Quatre-Cantons !

XXXIX

C'est Beggenried, douce oasis
Qui s'abrite sous le Titlis.
Là, sans vergogne on est en fête
Chaque jour à six francs par tête....
Le soir on joue au corbillon,
Ou bien on danse un cotillon.

X L

Nous savourons ces voluptés,
De miel et de café gorgés...
Aussi nos époux jugent sage
De partir en pèlerinage.
Pour leurs mécréants compagnons
Ils vont faire des oraisons.

X L I

Le village a l'aspect français....
Au-dessus monte un vallon frais,
Comme on en voit en Normandie.
Les bœufs paissent dans la prairie,
Et près d'eux un pâtre en sayon
Bâille et s'endort sur le gazon.

XLII

C'est dimanche, jour du Seigneur.
Ici rien ne parle à mon cœur ;
L'église est nue et sans images,
Ce sont idoles pour ces sages :
Si l'âme au ciel cherche un rayon,
La Bible est là, froid compagnon !

XLIII

Les paysans entrent sans bruit
Dans ce temple où suinte l'ennui....
Le pasteur salue et s'écrie :
« Frères, qu'en son cœur chacun prie ;
De Dieu seul la grâce est un don.... »
....Moi, j'aime mieux mon carillon !

XLIV

Le carillon de mon clocher,
Qui parle au savant, au berger....
J'aime la pompe de la messe
Et le marbre où l'autel se dresse....
L'orgue, l'encens et ses flocons
Montant au ciel avec les sons....

XLV

On prie, on pleure, le cœur bat...
L'âme a des ailes et s'en va,
Loin des misères de ce monde,
Chercher une ivresse féconde,
Mélange d'adorations
Et de célestes visions !...

XLVI

Je me sens seul et sans abris
Dans ces murs nus, sous ce ciel gris....
Qui me soutiendra si je tombe?...
C'est le silence de la tombe....
J'ai soif de soleil, de rayons....
Sortons d'ici, mes compagnons !

XLVII

Du lac nous montons au Righi,
En railway, comme des colis....
Hélas ! adieu la poésie,
Ce n'est plus qu'une hôtellerie
Où vous harponnent vingt garçons
A la descente des wagons.

XLVIII

Enfin nous gagnons par Sarnen
L'Oberland et Meyringen....
C'est, avec l'Espagne et l'Attique,
Des brigands la terre classique ;
Mais ceux d'ici n'ont ni tromblons,
Ni chapeaux pointus, ni pompons.

XLIX

Ces détrousseurs de grand chemin
Vont dans des chalets de sapin ;
En aubergistes ils s'habillent
Et tout à leur aise vous pillent.
Sourire aux lèvres, les larrons
Font payer six francs trois marrons !

L

Au Faulhorn sur un cône ardu
Règne en paix un bandit barbu.
Il nous met si bien au pillage
Que notre jeune femme, en rage,
Pousse au combat ses compagnons,
Et les arme de leurs bâtons.

LI

Mais Fra Diavolo bien renté,
Est bourgeois suisse et patenté...
On désarme et l'on capitule,
Même on sourit à dame Ursule,
Vieille duègne à l'aspect grognon
Qui sert d'esclave au compagnon.

LII

J'imagine, quand vient la nuit,
Qu'avec son barbet qui la suit,
Sur un balai montant en croupe,
Du sabbat elle prend la route....
C'est elle, excitant les tisons,
Qui cuisine pour les démons !

LIII

C'est la seule ombre du tableau :
Elle s'efface à la « Jung-Frau »,
Lorsqu'au soleil éblouissante
Apparaît la vierge géante...
Elle a la blancheur d'Alcyon
Et la majesté du lion !

LIV

Spectacle sublime et charmant!
En haut la neige, en bas le champ..
L'infini sourit à la terre,
Et lui tend la main comme un frère!
Debout! comme Jacob allons...
Du ciel voici les échelons !

LV

Mais silence... j'entends l'écho!
On dirait que de Jéricho
Les mille trompettes s'appellent;
Leurs clameurs montent et se mêlent,
Pendant qu'au loin les escadrons
S'ébranlent au cri des clairons!

LVI

...Comme une vague qui s'enfuit,
Tout s'est apaisé... plus de bruit,
Une plaintive mélodie
Murmure à l'oreille ravie...
Les harpes pleurent et leurs sons
Font courir en nous des frissons!..

LVII

...La fanfare éclate... écoutez!
En haut des pics inhabités
Courent des meutes aboyantes...
Elles bondissent haletantes.
C'est Freyschutz et ses compagnons
Dans de fantastiques vallons!...

LVIII

Cette vision disparaît...
Le cor sonne suave et frais...
Des willis la ronde commence,
J'entends le rhythme de leur danse...
Je vois les lutins vagabonds
Qui les poursuivent de leurs bonds!...

LIX

Je tressaille... pour Jéhovah
L'orgue entonne des hosanna!
Le son puissant roule ses ondes
Sur ces sommets qui sont des mondes...
Le front courbé, mes compagnons
S'agenouillent... et nous prions!

LX

Charmes magiques, pourquoi fuir ?
Hélas ! le concert va finir !
Un paysan avec sa trompe
A produit toute cette pompe !
Pauvre Schmidt, obscur bûcheron,
Tu m'as charmé plus qu'Obéron !

LXI

De ces séraphiques hauteurs
Je retombe aux fades douceurs
De la romance que soupire
Une Patti qui me fait rire...
Près de la Gretchen, un Teuton
Semble tomber en pamoison.

LXII

Chaste Jung-Frau, tu dois rougir,
Si ton oreille peut oüir
Ce qu'on débite de sottise
Sous cette flamboyante frise
Où, le soir, le gaz en cordon
Enlace un classique fronton !

LXIII

D’Interlak c’est le Casino...
La fille de madame Angot
Met en joie aussi les touristes...
Il n’est plus d’insulaires tristes
Quand, aux prises avec Suzon,
Elle fracasse son chignon !

LXIV

A ce moment les spectateurs
Couvrent de bravos les acteurs,
De radieuses Helvétiques
Trouvent les chanteuses comiques,
...Et voilà pour quelle raison
On vient faire ici la saison !

LXV

On se croit aux Champs-Élysés,
En ces lieux trop civilisés.
Au pied des neiges éternelles
Cavalcadent des demoiselles,
Et Guignol — qu’en dirait Buffon ? —
Nous montre un chat plaisant bouffon !

LXVI

Une miss à l'air langoureux
Promène là ses blonds cheveux,
Écheveau souple et qui chatoie,
Reflétant l'or avec la soie ;
Un filet garde en sa prison
La luxuriante toison.

LXVII

Plus loin, j'admire les contours
Qu'accuse un corsage en velours...
C'est une Bernoise pimpante,
Collet brodé, coiffe d'infante.
Je m'approche, horreur!. . ce feston
Cache un goître sous son menton !

LXVIII

Avant d'atteindre le Giessbach,
Nous allons revoir le Staubbach,
En ce moment maigre gouttière
Dont l'eau qui s'échappe en poussière
Voltige et s'accroche au gazon,
Ou s'évapore à l'horizon.

3.

LXIX

Dans la « Lutschine » aux flots d'argent
Emportés au gré du torrent,
Des troncs de sapins tourbillonnent...
Soulevant les eaux qui bouillonnent,
Ils sautent et font des plongeons,
Comme d'immenses esturgeons !

LXX

En haut, à grand peine abrités,
Sont les clans de déshérités
Qui fouillent une maigre terre
Près du roc où l'aigle a son aire.
Six mois l'an, tombant à foison,
La neige les tient en prison...

LXXI

Pourtant ils ne maudissent pas
Ce sol où s'impriment leurs pas.
Ils aiment... autour d'eux fourmille
L'essaim bruyant de la famille...
Qu'importe une rude saison,
Si l'espoir luit à l'horizon ?

LXXII

Plus tard les fleurs auront leur miel,
Le grain mûrira sous le ciel,
Et la nature reverdie
Grâce au soleil reprendra vie.
En attendant la floraison,
On vit tranquille en sa maison.

LXXIII

Rien de leur douce obscurité
Ne trouble la sérénité.
Là, pas d'agioteur avide,
Ni de nouvelliste perfide ;
Pas d'article à sensation
Semant partout l'émotion !

LXXIV

Pas de bourgeois, tournant au vent,
Qui se demande en se levant
Quel nom prend la chose publique,
— Ou Monarchie ou République, —
Et s'il faut mettre à son pignon
Le drapeau rouge ou l'écusson.

LXXV

Enfin nous sommes au Giessbach !
Foin de ces sommeliers en frac,
Imposants comme des notaires !
Mais, bras nus et robes légères,
Des Suissesses qui sans façons
Font leur office d'échansons !

LXXVI

Hier soir, des jasmins en fleurs
Nous aspirions les senteurs,
Quand soudain part une fusée :
Aussitôt la chute embrasée
Nous a donné l'illusion
D'un Vésuve en éruption !

LXXVII

On élève, tour de Babel,
Tout près un gigantesque hôtel,
Pour le jour prochain où la Chine,
Par la vapeur notre voisine,
Joanne en main et chapeau rond,
Viendra voir la Suisse en wagon.

LXXVIII

Des Japonais en paletot
Déjà s'y promenaient tantôt...
Yokohama se met en fête !
Un grand train de plaisir s'apprête
Par lequel arrive, dit-on,
Le vrai Mikado du Japon !

LXXIX

Ni Como ni le lac Majeur
N'offrent d'aspect plus enchanteur !
J'erre au hasard, l'âme charmée,
Foulant la pelouse embaumée
Où s'abattent en tourbillons
Mouches à miel et papillons,

LXXX

Si j'avais l'âge des amours,
Je voudrais vivre ici toujours !
La main dans la main d'une amie,
J'irais bercer ma rêverie,
Le soir, dans les vaporeux fonds,
...Et j'oublîrais mes compagnons !

LXXXI

Près du lac j'irais, au matin,
Admirer les plis de satin
Que sur les eaux souffle la brise...
Dans une barque, ma marquise,
Rieuse, tiendrait l'aviron,
...Et je serais son compagnon !

LXXXII

Mais je m'arrête. C'est demain
La dernière étreinte de main.
Vous allez regagner la plaine,
Vous la Champagne, et vous la Seine :
Moi je reste... Adieu, compagnons,
Dans un mois nous nous rejoignons.

Giessbach, 24 septembre 1874.

AU GLACIER DU ROSEGG

Glacier, sombre témoin des âges écoulés,
Seul vestige debout de mondes écroulés,
Parle nous, et raconte aux oreilles humaines
Les cratères en flamme et les tragiques scènes
De la terre enfantée au choc des éléments
Et sortant du limon de vingt écroulements.
Dis-nous comment les mers ont battu tes falaises
Et pourquoi les volcans ont éteint leurs fournaises.
Mais tu restes muet, ô sphinx mystérieux,
Et, comme eux éternel, tu contemples les cieux !